Sombras,
nada más...

Editado por John Cruz, Ph.D.

Diseño portada Marcia Miranda Manzor

Fotografías portada y contraportada Mónica Yaconi

Santiago de Chile, primera edición 2024

Sombras, nada más...

Monica Yaconi

Gaudis Teresa Mora

Rosa Manzor Aguilera

Ana María Campos

Franca Ros

Sombras, nada más...

IV

DESDE OTRA VOZ

Arrastras tus pies por una calle solitaria, como siempre sin rumbo; la niebla se vuelve eterna y apenas distingues tus manos, las luces de las casas se apagan a tu paso, una a una, hasta dejarte sumido en la más completa oscuridad. Desde la muralla, formando figuras que no quieres reconocer, un juego de sombras se burla de ti. Fijas con espanto tu mirada en una de ellas que no conforme con seguirte; lucha por liberarse de la pared que la retiene. Se agranda, se estira y, de pronto, corre hacia ti tan rápido que no alcanzas a reaccionar, tienes su cara frente a la tuya y aspiras su aliento terroso cuando grita: "Sombras, nada más."

Y es en ese momento, en esa oscuridad apabullante, cuando comprendes que la luz solo existe porque la oscuridad la define; que en ese juego de luces y sombras habitan tus miedos más ocultos. No hablamos de temores que se confiesan entre amigos como una anécdota más, sino de aquellos que cargas en silencio porque de tanto temerles ya no te atreves a nombrarlos. Esos miedos que susurran al oído, cuando tu vida depende de un pequeño paso que desestabiliza o de aceptar una golosina de la bolsa de un extraño. Cuando el miedo a un futuro desolador te hace ver el cuerpo lleno de cicatrices inexistentes y atravesar un bosque de ramas que parecen esqueletos, se convierte en un pasaje sin retorno que te obligará a mirar a los ojos al monstruo que inventaste.

Esta antología "Sombras, nada más" no te ofrece una salida fácil; hay que ser valiente para leerla y aún más para escribirla, sus cinco autoras se atrevieron a caminar por un pasaje apenas iluminado por el tenue resplandor de una verdad incómoda: el miedo es inseparable de estar vivos. Sus letras no solo exploran el miedo cotidiano, sino también lo sobrenatural. Habla contigo, te enfrenta con lo que escondes, te enfrenta a ti mismo. Es un viaje hacia el lado más oscuro de la existencia humana, un espejo en el cual los recuerdos se convierten en muertos que te persiguen sin descanso, cuencas vacías que encontrarás al girarte en la cama. Territorio conquistado por tus propios monstruos.

Desde la primera página, percibirás que no son simples historias perturbadoras, sino relatos que te harán recordar tus propios temores, aquellos que, escondidos en el cajón más profundo, esperan el momento de resurgir y adentrarse en los recuerdos de tu propia vida.

Te invito a abrir este libro y sumergirte en sus páginas. No encontrarás héroes infalibles ni finales felices, solo sombras que escapan de las paredes para gritarte en tu cara que el miedo es una forma de estar vivo.

Hecho por el grupo literario "Pluma Colectiva", esta obra refleja la colaboración y la pasión de mujeres comprometidas con dar vida a historias que merecen ser contadas. Cinco autoras que se atrevieron a buscar dentro de sí mismas y ahora vienen por ti.

LunaPaloma
Escritora

Sombras, nada más...

TEMORES

Sombras, nada más...

AUSENCIAS

FRANCA ROS

Quizás solo sea dar un paso...

El aroma del espresso recién hecho se mezclaba con el dulzor de los jazmines, formando una sinfonía olfativa que anunciaba el despertar. Desde mi ventana, observé cómo la vida comenzaba a agitarse en nuestra pequeña comunidad. Vi a doña Marta aparecer entre los maceteros colgantes de su balcón, siempre adornado con flores de estación.

—¡Buenos días, vecina! —me dijo con esa energía inusual; su voz, una constante en mis mañanas, llegó vibrando con las notas en tenor de *Sombras nada más...* que mi mente tarareaba sin voluntad. Una pequeña calma que se desvanecería con lo que llegó después.

Doña Marta solía llenar cada rincón con su presencia. Si no aparecía, podíamos sentir su ausencia más presente que ella misma. ¿La vieron hoy?, preguntábamos entre los vecinos, inquietos al no oír su risa flotando entre las conversaciones matutinas.

El ajetreo de la ciudad seguía su curso, arrastrándome en su inercia, hasta que una tarde, al regresar del trabajo, recogí un paquete junto a una noticia que cambiaría todo:

—¿Escuchó lo de doña Marta? —preguntó el conserje, con un rostro pálido que no parecía haber absorbido ningún rayo de luz.

—No, dígame... ¿Qué pasó? —sentí que algo frío subía por mi espalda.

—Se lanzó desde el balcón...

No pude escuchar nada más. Un latido sordo retumbó en mis oídos, paralizada al recordar sus últimas palabras: Éramos pobres, pero felices. Hablaba de su juventud en el campo, con unos ojos que sonreían... sin alegría. No entendí entonces que su mensaje era una despedida disfrazada de nostalgia. Y su sonrisa, como el velo de quien ya ha decidido que vivir no tiene sentido.

Días después, su esposo, como unido a ella por una cadena invisible, la siguió en un fatídico vuelo desde el mismo balcón.

A partir de esa semana, el edificio pareció encogerse. Las paredes se habían fracturado, incapaces de sostenernos; de hacernos sentir en un hogar.

En medio de todo esto, el conserje, quien había recibido la llamada de emergencia, desapareció. Algunos decían que lo habían internado en un psiquiátrico; otros, que simplemente renunció. Tres pérdidas en menos de un mes, y el vacío parecía haberse apoderado de nosotros, como una presencia invisible que nadie se atrevía a nombrar.

Detenida frente al reloj de la entrada, sus agujas inmóviles parecían gritar que nuestras vidas se habían pausado en esa marcha automática de inhalar y exhalar. Nos habíamos ido sin irnos.

Solía creer que todo estaba bajo control, que construíamos algo. Pero la vida tiene una forma extraña de desmoronarse

Un día, caminaba por la calle con la mente aturdida por los recuerdos de doña Marta, cuando un tirón de mechas me regresó bruscamente al presente. Fue el roce del auto de Diana, mi vecina, que casi me pasa por encima, conduciendo a toda velocidad. Su perra, la Luna, sacaba la cabeza por la ventana mientras el viento agitaba su pelaje tricolor. Diana no me notó. *Hubiera sido algo rápido. Una muerte súbita, sin despedidas.*

Ver a Luna siempre me recordaba a Rocko, mi perro de infancia, quien solía dormir a mi lado mientras yo me perdía entre los trazos de mis diseños. Rocko estaba ahí, con esos ojos brillantes que parecían entenderme más que yo misma. Le tenía cariño. *Ahora ese espacio estaba vacío ¿Cómo se llena eso?*

Con la mente atrapada en esos momentos, pasé el día deambulando y terminé desplomándome en la cama. No era más que un ente. Volví a la realidad cuando unos golpes resonaron en la puerta, como martillazos. Era Diana. Pensé que había venido a disculparse por lo de la mañana, pero me sorprendió con algo mucho peor:

—Llevé a Luna a un refugio, mmm... ya no vivirá más con nosotros —Diana bajó la mirada, su voz se quebró como papel quemado—. Te aviso para que no pases por ella mañana.

Nos miramos y por un instante vi en ella algo que ni siquiera el amor podía llenar. Ahora esa ausencia resonaría en cada ladrido, en cada noche que intentara dormir. Apreté la mandíbula, sintiendo cómo una distancia se expandía entre nosotras. La nueva pérdida me hirvió la cabeza, y sin poder evitarlo, arremetí con la noticia...

—¿Se enteró de lo de doña Marta?

—Sí, claro, ¿cómo no enterarme? —dijo, mientras miraba el reloj, como si el tiempo se le acabara—. Nunca pensé que alguien tan llena de vida se rendiría así.

Vi como Diana desaparecía en el ascensor.

Cuántas veces nos abandonamos a nosotros mismos en gestos silenciosos, pero letales. Cuántas despedidas quedan inconclusas.

Sentí el agua nauseabunda del florero de la entrada, con las flores desvanecidas. Ese olor me arrastró de vuelta al velorio de mi tía abuela. *Una mujer que "al fin" descansaba en paz.* El Alzheimer había devorado su memoria como termitas sin misericordia. Luego, mis pensamientos volaron hacia los jazmines de doña Marta. *Me preguntaba si había encontrado algo de consuelo en ellos, si le habrían puesto alguno en su funeral, o si, como todo lo demás, su memoria se desvanecería junto a su sonrisa, arrastrada por este ruedo que seguiría su curso.*

Esa sensación de pérdidas, una tras otra, me arrastró a aquel año, en el que, según yo, lo perdí todo. Mi trabajo. Recuerdo cómo la vida se desmoronaba, empujándome al inframundo de la escala social. Obligada a cambiar mis hábitos, mis expectativas. No pude seguir el ritmo de restaurantes o salidas y las relaciones se diluyeron como el azúcar en una taza de té.

Por un instante, quedé mirando la nada, intentando silenciar esos pensamientos. Entonces tomé la bicicleta. Quería que las ruedas fueran más rápidas que mis pensamientos. El aire fresco golpeaba mi rostro, despeinándome. El chirrido de los pedales acompañaba el ardor en mis piernas y, por un momento, el peso en mi pecho se aligeraba.

A lo lejos, los gritos de niños llenos de vida hacían que mi pedaleo sonara hueco, como si el mundo estuviera avanzando sin mí.

De regreso al edificio, vi a Diana. Llevaba el collar de Luna tintineando en su llavero. Saludarla ya no tenía sentido. *Me recordó que la realidad tiene una forma cruel de aferrarse a esos pequeños detalles.*

—A veces la escucho ladrar en mis sueños — dijo ella, sin mirarme. La ignoré, pero su confesión me dejó un nudo atravesado. *Me pregunté cuántos ladridos de Luna resonaban en su cabeza.* Recordé a mi amiga Laura, que solía decir que yo nunca entendería lo que era sentirse abandonada, porque, al menos, yo conocí a mi padre.

Cada vacío parecía tener su propio tamaño.
Un peso muerto, difícil de soltar.

Pensé en Papá, el inalcanzable. Cada vez que intentaba hablarle, respondía con un despuésss y levantaba el periódico. Pero ese después nunca llegó. Con el tiempo se convirtió en un extraño.

Años más tarde, habiendo visto pasar mucha agua bajo el puente, lo visité en su oficina. El lugar parecía un reflejo de nuestra relación: desolado. El olor a cuero y papel viejo impregnaba el aire, y el silencio entre nosotros se estiraba interminable.

—¿Sabes quién soy siquiera? —le pregunté, apretando los puños. Él me miró como si tratara de reconocerme, pero sus ojos no mostraban emoción alguna. En ese momento, comprendí que él también había sido olvidado por el tiempo, igual que nuestra conexión.

Y mientras mi padre renunciaba a nosotros, mi madre se perdía en su propio abandono, entre el humo del cigarrillo y el ruido de la televisión. Me miraba como si fuese un personaje fuera de contexto que no valía la pena escuchar, con el cigarrillo suspendido a medio camino de sus labios y la fumarada envolviéndome en un abrazo frío. Debió haber sido difícil haber parido una muñeca averiada como yo, con heridas ocultas entre sonrisas forzadas, *incapaz de comprender que, al igual que ella, yo también estaba vacía.*

Mientras mi madre se sumía en su propio refugio, yo me lanzaba al trabajo para llenarme, completando mi vida con proyectos "importantes" sintiéndome valiosa. Otros días, la soledad me golpeaba con fuerza, y buscaba consuelo en fiestas electrónicas que se extendían hasta el amanecer, con una pastilla rosa deshaciéndose en mi lengua. *Pam, pam, pam…* retumbaba la mezcla del DJ en mi cabeza. El ruido, las luces y el caos me permitían olvidar quién era, al menos por un rato. Pero la sensación era más bien un vaivén… y me asfixiaba.

Decidí alejarme por un tiempo. Cartagena sonaba algo remoto, *donde los pensamientos no existirían, o al menos, se diluirían en el mar*. Pero allá, la bruma de las olas no hacía más que devolverme las mismas preguntas, distorsionadas por la imagen de unos niños trigueños y desnutridos, rescatando monedas del agua con la boca, mientras los turistas les lanzaban más y más, alimentando su entretenimiento. *¿Era esto lo que quedaba de la humanidad?*

Las risas se entrelazaban con el sonido de los cuerpos enclenques rompiendo la superficie del agua. Quise apartar la vista, pero mis ojos se aferraban a esa realidad grotesca.

Mi mirada fluyó, luego, hacia mi propio cuerpo, que nunca terminaba de ser mío, con un abdomen de grasa solidificada en el bajo vientre que no se diluía y unas costillas que se asomaban demasiado. Como si entre esas capas de grasa y pellejo, se escondiera el vacío. Como si yo fuera un soplo de vida y no una vida completa.

Pensé en mi madre, en mi padre, en mi comunidad. *¿Seremos solo cuerpos olvidados en un mundo indiferente?*

De regreso; la ciudad sonaba distante. No lograba romper la burbuja en la que me encontraba. Miré mi reflejo en el espejo, buscando algo diferente, algo que indicara que el viaje me había cambiado. Mi cabello teñido de rojo, el delineador negro… pero solo vi el cansancio de alguien que ha intentado huir de sí misma *¿Quién eres?*, le pregunté a esa figura de piel delgada, tostada por el sol. Un goteo en la cocina rompió el silencio. Lloré, lloré hasta vaciarme.

Recordé las mañanas con mi taza de café humeante, soñando con mundos lejanos. Ahora, esos momentos parecían fragmentos.

A ratos, creía ver a doña Marta mirándome desde el otro lado, como un recordatorio de que seguimos buscando conexión en un mundo lleno de ausencias. Buscaba pistas en los abandonos míos y de otros. *Me pregunté si, así como el conserje se había ido, también yo estaba encaminada a desaparecer.*

Hubiese querido verme o ser vista. No sentir esa secreta intención de morir de formas extrañas, ese deseo latente que me gritaba al oído. Quería dejar atrás las risas de mis compañeros de escuela resonando en mi cabeza. Esas mil maneras de burlarse de mí hasta que les gritaba con impotencia algún "cállate weon" y corría al baño, avergonzada por esa voz que no debía existir. Golpeaba mi cabeza contra la puerta de metal tratando de aplacar las ideas. *Pensaba que era más fácil no estar, no ser.* A veces, con desesperación, revolvía los muebles buscando veneno para ratas. Volvía a la cama maldiciendo, repitiendo *¿para qué nací?* Escuchaba el golpeteo de las ramas contra la ventana, como si la naturaleza misma me dijera que no era suficiente ni para eso.

El sonido de los golpes se hizo más agudo. Esta vez, el ruido provenía de la puerta de mi casa, y me sacó de los pensamientos. Era Diana. Apareció entre lágrimas, entrando sin permiso. Estaba pasada a pisco. Me contó que después de dejar a Luna había empezado a beber más de la cuenta, y que su marido se había llevado a los niños como un ultimátum.

— No soy nada sin él... No sé qué me pasó, ni cómo llegué hasta aquí.

Su desamparo se sentía tan auténtico como el mío. Pero *¿cómo le explicas a alguien que la soledad a veces ruge más fuerte que cualquier compañía?* En ese instante, a un nivel profundo, conectamos. Nos quedamos mudas. *Quise preguntarle si también se sentía perdida, si las ausencias la atormentaban por las noches,* pero al final, solo se marchó, dejándome con un dolor voraz.

Esa noche, los niños de Cartagena visitaron mis sueños. Sus cuerpos se transformaban en peces plateados nadando en un mar de monedas. Intentaba alcanzarlos, pero mis brazos se deshacían con las olas... Me desperté empapada en sudor, como si las aguas del Caribe me hubieran dejado varada en una barca llamada *La Soledad.* El silencio se hacía espeso, envolviéndome.

Caminé hacia el balcón. La ciudad me miraba, indiferente.

Saboreé la oscuridad.

El vacío me abrazó, con la familiaridad de un viejo amigo. Pero esta vez, su voz sonaba persuasiva, vibrante, *invitándome al vuelo.*

El viento frío acarició mis mejillas. Un ladrido quebró el silencio, y por un instante, sentí a doña Marta conmigo… como un susurro.

La brisa tocó mi piel una vez más…

Di un paso.

Sombras, nada más...

LOS ALARGADOS

ROSA MANZOR AGUILERA

Se cuenta por el campo que existen estos seres que parecen humanos. Alargados. Son como alambres de diversas formas, otros más cabezones. Y son altos, más altos que tu casa. Su piel es porosa, como cáscara de árbol, con pelo de musgos, y ojos de luz muy tenue, que se confunden con estrellas que ya no existen. Tienen pies de raíces, manos de ramas. Los alargados se comunican con otros de su especie que están más lejos. Los búhos, tetués y concones les llevan y traen secretos. Se mueven con mucha agilidad y siempre te están observando. Sonríen con maldad mostrando las astillas de sus dientes que a veces rasguñan tu ventana. Escuchan tus sueños. Necesitas verlos para creer que existen. Eso sí, no intentes despertar. Cierra tus ojos y di tres veces al viento:

> "Sombra de los alargados
> sombra de los alargados,
> sombra de los alargados
> vengan a mí."

Sombras, nada más...

ENLAZADAS

MONICA YACONI V.

Luego de muchos años, en pleno invierno, María viajó hasta la costa de la quinta región. Habían transcurrido cinco meses desde la sorpresiva muerte de su padre, y era ella quien debía hacerse cargo del inmueble. Nadie había querido acompañarla ese fin de semana; las disculpas de un marido indiferente y su hija adolescente fueron tantas que no tuvo más opción que irse sola. Muchos años atrás, ¿quién habría pensado que aquella mujer flacucha y miedosa pasaría un fin de semana a solas, y más aún en la casa de verano de sus padres? Los recuerdos que atesoraba de aquel lugar pertenecían a una niñez que había decidido olvidar.

La casa de la playa, herencia de su padre, era un chalet moderno de ciento cuarenta metros cuadrados que habían intentado comprar para construir un megaproyecto inmobiliario de lujo frente al mar. Su padre nunca cedió al negocio, y María aún no tenía la certeza de que llegaría el día de venderla. Contaba con tres dormitorios pequeños y una imponente chimenea revestida en piedra laja en medio de la sala. Tenía una vista despejada al océano donde se podía ver las olas que rompían en la orilla y resonaban como ecos en el salón. Abrió las cortinas de organza, el panorama del atardecer era impresionante. La puesta de sol, con sus tonos rojizos reflejados en el mar, se iba extinguiendo con parsimonia. La hora azul había sido el momento preferido de su padre. En el *bow-window* del comedor las macetas permanecían vacías. Muchos años atrás, mientras su madre tejía o leía, María regaba las plantas; esos eran los instantes en que podían disfrutar de su tiempo a solas. Desenfundó los sofás y observó que el tapiz de lino francés se encontraba en perfectas condiciones. Toda la decoración del lugar estaba impecable, reflejando el exquisito gusto de su madre. Las puertas de la casa aún conservaban su pátina blanquecina, el piso de roble natural se encontraba en perfecto estado y los accesorios en tonos azules continuaban en su lugar, dentro de una alacena color turquesa que servía como bar.

Dejó la maleta en una de las habitaciones y, antes de organizar la ropa, decidió aspirar cada rincón. Recordaba la alegría que sentía al correr tras su nana con el plumero mientras ella pasaba la máquina.

Abrió el clóset y acomodó la ropa en una de las repisas. En el fondo de la maleta había una bolsa que siempre llevaba consigo. La abrió con delicadeza, temiendo que su contenido se disgregara entre sus manos: un vestido azul con flores y el chaleco de hilo blanco que habían pertenecido a Margarita, su mejor amiga de infancia, esas prendas eran lo único que había conservado de ella. El día en que Margarita desapareció, los llevaba puesto. En su anhelo por olvidarse del pasado, sintió que recorrer una vez más la casa no la ayudaría, la enterraría.

La casa siempre estaba llena de gente. Los almuerzos de los fines de semana eran un acontecimiento en la zona. Era tanto el bullicio que la laboriosa Ana, la nana de la casa, se afanaba toda la semana preparando manjares de la estación: humitas, pasteles de choclo, porotos granados y otras delicias de la quinta región. Los invitados permanecían sentados a la mesa, comiendo y bebiendo hasta la puesta de sol. Los niños se escapaban a jugar a la pelota, mientras María y

Margarita se encerraban en la habitación a disfrazarse y maquillarse.

Las tardes en esa época del año eran frías, abrigada y acompañada de su perro, María salió a dar una vuelta por el entorno. A lo lejos, divisó a un oriundo que se internaba en la casona roja de estilo francés, construida a inicios del siglo XX, que había pertenecido a la familia Molinari. Esa casa solo era habitada durante la temporada de verano, estaba situada en la esquina de la bajada a la playa y se encontraba bastante deteriorada. En la galería que daba a la calle, se observaban lámparas de lágrimas iluminando el recinto, y la silueta de un hombre de gran altura moviéndose de un lado a otro en el lugar. Recordó muchas tardes en esa residencia jugando con las hijas de los dueños y con Margarita. Cuando el balneario comenzó a decaer y la mayoría de las familias emigraron, pusieron el lugar en venta. Ahora, un destartalado letrero colgaba de las ventanas, ofreciendo alojamiento con pensión completa. En esta época del año, aparte de los lugareños, la gente que se animaba a visitar la costa era escasa.

La primera noche durmió en la habitación de sus hermanos. No supo de ella hasta el día siguiente cuando despertó con los lamidos de Pete en la cara. Tras tomar una ducha bien caliente, se tendió en una de las poltronas de la terraza para disfrutar de su primera taza de café bajo un sol que apenas comenzaba a calentar. Se quedó absorta mirando las olas con la taza de porcelana suspendida en el aire.

***

—¡María! ¡María! ¿Dónde te has metido?

Juego en la orilla del mar con las conchitas y la espuma del agua cuando percibo la voz de la nana llamándome. Los pelos se me erizan, los mocos rebeldes bajan por mis narices rozándome la lengua. El sabor a sal no me agrada. Limpio mi cara con el brazo mientras sigo escarbando en la arena. Atrapo pulgas de mar. Corro para guardarlas en un frasco, son mi trofeo. El pelo cae nublando mi vista. El sol comienza a esconderse y se siente un frío helado. Me orino en el traje de baño y el líquido caliente resbala por mis piernas. *¡Es hora de volver!*, escucho confundiendo la voz con el mar. Correteo jugando entre las olas rozando con mis dedos las burbujas. Apuro el tranco. Arribo hasta donde están mis hermanos y me revuelco gozosa por la arena. Tengo un hambre voraz. Moldeo con la miga de pan una bola y la escondo entre mis dientes separados. Escupo en la cabeza de mi hermana y corro a pie pelado arriba de las dunas para esconderme. De las matas leñosas, surgen pequeñas espinas que se adhieren a mi piel entre los dedos. Permanezco oculta un largo rato sin responder a los gritos histéricos de mi hermana. Veo una silueta aproximándose cada vez más a mí. Pienso que es ella, mi Nana buscándome desesperada. Es esa figura que me es desconocida, pero a la vez familiar. Se acerca cada vez más. Es un hombre, el hombre de negro. Me regala unos caramelos.

***

Planeó acostarse en la pieza de sus padres esa segunda noche. Acomodó el lecho más cerca de la puerta, sus padres dormían en camas separadas. Pete dormitaba bajo la ventana, de vez en cuando su vejez lo levantaba de prisa. Llevó por delante la mesita de noche, y la cajita de música que estaba encima, cayó al piso haciéndose añicos. Vio cómo una llave salió volando y se deslizó debajo de la cama. La cogió y se quedó pensando a qué puerta pertenecería. Salió de la habitación intentando abrir cada postigo que encontraba. Giró la manilla un par de veces hasta que, con dificultad, consiguió abrir una puerta hinchada por la humedad. De las paredes, impregnadas de moho, emanaba un olor aborrecible, sintió un escalofrío, respirar aquel aire se hacía insoportable. Las vigas de madera estaban cubiertas de polvo y en los rincones, las arañas danzaban gloriosas desde sus telares. Los cuadros y adornos permanecían resguardados por plásticos. Con fuerza, sacudió el polvo de la mesa de juego, un par de sillas y el mueble tocadiscos con los vinilos que bloqueaba el paso; al parecer, alguien los había movido. Su padre, quizás. La biblioteca seguía tal como la recordaba, atiborrada de libros; su madre nunca quiso deshacerse de ninguno. En una de las repisas, encontró una carpeta que llamó su atención, se la puso bajo el brazo y observó las muñecas descabezadas que descansaban apiladas junto a un juego de té y una manta rosada. El lugar parecía estar congelado en el tiempo.

La construcción del sótano comenzó los primeros días de marzo. Su padre había encargado la ampliación a un reconocido arquitecto de la zona. Los planos contemplaban una gran sala de juegos donde su padre y sus tíos pasaban tardes enteras jugando al dominó. También había una biblioteca, una cocina americana, dos dormitorios en suite y un quincho techado emplazado al fondo del jardín. Unos meses más tarde, se celebraron los tijerales con cordero al palo, que esperaba a los comensales. Un sacerdote amigo de su padre bendijo con pompa el lugar. El sótano fue el lugar favorito de María; sin embargo, con el tiempo lo odio. No estaba bendecido; estaba maldito.

El mismo sábado en que sus padres fueron invitados por unos amigos a pasar el día a una playa cercana, los niños quedaron a cargo de la nana y del tío quien se ofreció a cuidarlos. La nana y Margarita vivían al frente de la casa principal, en una vivienda prefabricada. Ana asumió la responsabilidad de su nieta el día en que su hija fue atropellada. El tío

descansaba en la sala de juegos y de fondo se escuchaba una música acompañada de una guitarra y la voz melancólica de Javier Solís entonando un bolero: *Sombras nada más, entre tú vida y mi vida, sombras nada más entre tú amor y mi amor…,*
***

Arriba del camarote mis hermanos brincan eufóricos, Margarita y yo nos escondemos bajo una de las camas. Nadie nos ve. Al rato, mi nana nos llama para ir de compras. Todos salen del lugar dando un portazo, menos ella y yo. Continuamos un tiempo a escondidas oyendo ruidos. Hay una sombra que se desplaza por la habitación. Cubro la suave boca de Margarita con mis manos sucias. Escuchamos un susurro: "niñas vengan, miren lo que les traigo". La sombra se agacha. Vemos la bolsa de golosinas mecerse desafiante delante de nuestros ojos. Margarita quiere dejar la guarida, pero yo la sostengo del brazo con fuerza. Margarita me muerde la mano, grito, y se escapa golosa. La música sigue resonando sombras nada más…

Después de un rato salgo de debajo de la cama y voy hasta la cocina. Está vacía. El reloj marca las siete de la tarde. El invierno en la playa es triste y anochece temprano. Mis tripas rugen, bebo un vaso con leche chocolatada. Decido bajar al sótano con la mochila cargada de juguetes y sin hacer ruido. Enciendo la lámpara. Dispongo las muñecas sobre la mesa. Escucho unos pasos martillando el piso, los percibo más cerca. Me escondo detrás de una pila de leños. Diviso a Margarita bajando de la mano del hombre de negro. Él la sienta sobre sus piernas, le quita la ropa: el chaleco de hilo blanco y el vestido de lino azul con flores que mi madre le regaló para navidad. Margarita llora. El hombre de negro le da una bofetada, y antes de que ella pueda lanzar un grito, le da otra cachetada, aún más fuerte. Baja sus pantalones y mueve sus largas y lampiñas piernas delante de mis ojos. Se monta encima de ella, lanza quejidos entrecortados junto con palabras que no alcanzo a comprender. Estoy enmudecida.

Margarita no para de moverse. Ese animal la estruja del cuello, lanzándola por los aires. Margarita, mi Margarita golpea su cabeza contra el suelo. El hombre de negro la alza de los brazos y desaparece en la penumbra. Mis piernas no me responden. Empapo mis calzones y, pegada a la pared, cierro mis ojos con fuerza y cubro los oídos. El tiempo transcurre en silencio.

Despierto con el eco de unas voces. Camino hasta el dormitorio de mis padres. Hablan en voz baja: "La policía ha encontrado detrás de las dunas el cuerpo sin vida de Margarita".

***

Un frío atardecer atrapó a María recostada en una de las poltronas de la terraza. Fue en busca de una manta y advirtió la carpeta sobre el velador. Pasó las hojas lentamente, sintió cómo su corazón se aceleraba, dificultando la respiración. Mientras leía, las lágrimas cayeron sin parar por su rostro.

Informe forense:

Hoy, con fecha 17 de julio del
año 1979 se realiza estudio de
restos de osamentas.

Perímetro craneal medio: 50 cm

Altura: 15,50 a 16 cm

sexo: femenino

Edad estimada: 10 años

Fecha de muerte aproximada:
15/5/1979

Causa de la muerte: asfixia

Temprano en la madrugada, antes de partir
hacia el cementerio, María realizó un llamado a la
Policía de Investigaciones y partió decidida a hacer la
denuncia. Frente al escritorio del detective a cargo de
homicidios, le relató durante dos horas todo lo que
había presenciado y vivido. Compartió aquellos
detalles que había mantenido en secreto por miedo.
Habían pasado más de treinta años y el culpable
seguía sin ser detenido. El detective le informaba que
el único sospechoso había sido un hombre de
mediana edad, residente del balneario, quien fue

dejado en libertad por falta de pruebas contundentes que lo vincularan al lugar del crimen. María reconoció en las fotos al sujeto, apodado "el profesor" y comprendió que él y el hombre de los dulces eran la misma persona. El detective la tranquilizó asegurándole que informaría a su superior para reabrir el caso. María abandonó el lugar con la esperanza de que, al fin, se haría justicia."

Dio un último vistazo al mapa; quedaban 19 kilómetros por recorrer: Las Cruces, Costa Azul, hasta llegar al cementerio Lo Abarca. El nicho de la familia Aguilar se encontraba en el patio de los Eucaliptus. Allí, entre otros trescientos cuerpos, yacía el de Margarita. El camposanto se mostraba lúgubre y descuidado. María examinó los alrededores buscando un lugar en donde colocar el ramo de rosas blancas. Tropezó con una pareja de ancianos y les preguntó si habían visto al cuidador del sitio, pero se alejaron sin responder. Con cuidado, acomodó las flores en una botella plástica. A lo lejos, un hombre se acercaba hacia ella. No logró identificar sus rasgos; Pete no cesaba de ladrar. La altura del sujeto le llamó la atención, pues cubría su rostro con una gabardina negra. De repente, se esfumó.

La vuelta a la casa de la playa le pareció tediosa. Se detuvo en el único boliche abierto. Las luces de una camioneta estacionada la encandilaron. Entró al local; el tintineo de la campanilla alertó a una mujer que fumaba detrás de la mampara. El humo del cigarro le impedía ver el rostro, pero su pelo cano caía hasta los hombros y una prominente joroba resaltaba de su esquelética figura. Compró un kilo de pan amasado y se marchó. Al salir del local, la camioneta permanecía aparcada en el mismo lugar. María encendió el motor y aceleró, observando por el espejo retrovisor al vehículo que la acechaba a corta distancia. Pete estaba inquieto, sin espacio donde moverse, las luces altas lo molestaban. María efectuó una brusca maniobra girando hacia la izquierda y lo perdió de vista al internarse en un camino de tierra. Pasó un largo rato y la ruta se encontró despejada. Una vez en la casa, vislumbró que todo estaba en orden. Lo primero que hizo fue comer y luego darse un baño. El viento sopló con fuerza. Quedó a oscuras, prendió la linterna del celular y se asomó por el balcón. La luz de la luna reflejaba la sombra de los árboles meciéndose en los ventanales. Distinguió la llama de una vela en la casa vecina; parecía ser un corte de luz general. Escuchó el rugir de las olas chocando en la orilla y recordó haber visto el tablero eléctrico camuflado detrás de una fotografía familiar. María verificó si los interruptores estaban arriba, pero al percibir ruidos en la cocina, se acercó y sin notar nada extraño salió al estacionamiento en busca de leña. La casa se sentía helada y las estufas estaban vacías. Observó en la vereda de enfrente la camioneta del boliche. Cerró las puertas de madera con candado y se refugió en la casa. Atizó el fuego y se sirvió una copa de vino; la chimenea no alumbraba lo suficiente. Examinó los interruptores a ver si seguían arriba. Una cuerda al lado del cuadro le llamó la atención jaló de ella con fuerza y la portezuela se abrió dejando a la vista un corredor. Se internó recelosa por un largo y estrecho pasadizo, y al final del trayecto, el silencio abundó. Un aire pesado la envolvía. El suave resplandor de una vela iluminaba ratas devorando restos de comida. Escuchó pasos y reprimió un grito al ver como una sombra se acercaba amenazante. Corrió despavorida de vuelta por el laberinto. Se encerró bajo llave en la habitación abrazando a Pete. Un aire tibio rozó su cuello. Agitó la mano pensando que era un zancudo. Un nuevo soplo la alertó. Prendió la lámpara para capturar al mosquito mientras Pete seguía en alerta a sus pies. Escuchó pasos en la terraza y Pete agudizó sus orejas, levantándose y ladrando hasta la puerta, María lo calmó, cerró las cortinas para que nadie la pudiera ver y buscó en la mesa de noche el frasco de sedantes. Se hundió entre las sábanas temblando, respirando con agitación. Pensó en su visita al cementerio y en el testimonio que había dado al detective, los recuerdos se abalanzaron sobre ella como cascadas de fuego en su mente.

***

La primera vez que conocí al hombre de negro fue el año en que inauguraron el quincho. Coincidió con mi cumpleaños número siete. Ahora, mientras lo recuerdo, puedo ver a los invitados desplazándose por todos los rincones de la casa, la música y las voces inundando el lugar de jolgorio. En ese instante, en la sala de juegos, estoy peinando a mis muñecas. Alguien se sienta a mi lado y comienza a hablarme.

—¡Que linda!, ¿cómo te llamas?

—María

—¡Ah, tú eres la cumpleañera! ¿Cuántos años cumples bonita?

—Siete, pero no hay torta.

—¿Pero cómo? ¿No soplamos las velitas? ¿No te cantaron el cumpleaños feliz?

—Mi mamá me dijo que el próximo fin de semana iba a celebrar mi cumpleaños en Santiago.

—No, eso no vale. Ven acércate mira te tengo un regalito, esta caja de chocolates es para ti.

—¡Qué rico!

—María, ¿te gusta el mar?

—Si, me gusta juntar conchitas.

—¿Sabías que la puntilla está repleta de conchitas?, ¿te gustaría ir?

— yaaa...

—Mañana voy a pasar por ti. Será nuestro secreto, ¿palabra?

—Palabra.

Durante todos esos fines de semana llenos de asados, el hombre de los dulces aparecía con una bolsa llena de golosinas. Recuerdo que pasaban tardes enteras jugando dominó. Él era un tío enorme que medía casi dos metros y siempre vestía de negro, parecía aún más delgado. Era el mejor amigo de mi padre, que lo quería como un hermano. Cuando mis padres viajaban fuera del país, era él quien se quedaba a cargo de la casa, y mi nana, la más feliz, podía salir a la plaza a comadrear. Nunca se supo de alguna pareja del tío; vivió junto a su madre en un departamento en Santiago, en el barrio Bustamante, hasta que ella falleció. Sus días transcurrían entre el Club Hípico y el Bar Oriente, y algunas horas las dedicaba a dar clases de inglés. Su reencuentro con mi padre ocurrió en el Club de la Unión, en una cena de camaradería. Desde ese encuentro, el hombre de negro comenzó a visitarnos todos los fines de semana.

Al llegar a mis nueve años, aquel hombre pasó a estar más presente en mi vida. Me llevaba a

44

pasear en su auto Volkswagen Verde agua, recorriendo toda la costa. Me llenaba de mimos y regalos, me trataba con cariño. Así fue ganando mi confianza y la de mis padres, quienes lo invitaban a pasar los fines de semana a la casa de la playa. Muchas veces se ofreció a cuidar de nosotros, y mi nana contenta aprovechaba para salir a tomar baños de mar. Yo era una niña solitaria, buscando agradar y sentirse querida. Para el depredador engatusarme fue tarea fácil. Me enseñó a manejar, y allí en el auto, arriba de sus piernas me desnudó y se masturbo hasta que mi fragilidad se rindió entre las garras del monstruo.

Esos paseos duraron todo aquel verano. Una noche, como solía suceder los fines de semana, la casa se encontraba atestada de invitados. Los adultos reían y charlaban en la sala de juegos, ajenos a lo que estaba por suceder. En ese instante, el tío de los dulces se coló en mi habitación, y me encerró con llave. Su mano, gruesa y fuerte, cubrió mi boca, aprisionaba mi cuerpo con cada gemido que escapaba de mí. Me enredó entre las sábanas, y luego, como una sombra, desapareció en la oscuridad. La casa de la playa permaneció abierta un par de años más después de la muerte de Margarita. Con el tiempo, me convertí en una mujercita miedosa y tímida, llevándome la inseguridad como una sombra constante. El hombre de negro siguió abusándome hasta mi cumpleaños número doce. Un día de febrero, cuando estaba junto a mi familia disfrutando en la playa me llegó la menstruación y corrí a la casa hasta el baño para tomar una ducha, cuando sentí la puerta abrirse, corrí la cortina y descubrí al tío desnudo, mi primer impulso fue gritar y salir corriendo, pero la fuerza del hombre impidió cualquier movimiento, me acorraló y vulneró hasta dejarme en el piso envuelta en sangre. Aquel verano fue el último que pasamos en la playa, tuve miedo y vergüenza de contarle a mi madre lo ocurrido.

***

El susto la inmoviliza. No tiene el valor de salir. Escucha pasos acercándose a la puerta y se reprime para no gritar. Pete ladra sin parar. Un sudor frío empapa su cuerpo. Escucha una respiración agitada tras la puerta. Se deja caer al suelo. Con el aliento entrecortado, se asoma por el rabillo, y ve como la silueta cruza el pasillo. Los pasos se alejan, pero el golpe en una de las ventanas la advierte. Es el momento de dejar la habitación. Calcula la distancia desde el cuarto de sus padres a la calle; son setenta metros. Vuelve a mirar por el rabillo de la puerta, cuelga en su espalda la mochila, y sin hacer ruido, corre con Pete hacia el estacionamiento. Abre sigilosamente el portón y enciende el motor del auto. Con las luces apagadas, pone marcha atrás, da la vuelta y se encuentra de frente con el hombre que obstruye el paso. Alcanza a notar su pelo canoso, una barba incipiente y su figura delgada vestida de negro. Esos ojos fríos la detienen en seco.

—María, María, ¿es que no me reconoces? —la voz de él la llama, suave como un susurro, pero cargada de un peligro latente.

El depredador la hipnotiza con su vaho, se mueve, arrastrándose como una serpiente, afilando sus colmillos para engullir sin titubear. El ladrido de Pete la sacude, y en un arranque de adrenalina, se aferra al volante y acelera con fuerza. El bulto vuela por los aires, impactando en el cemento con un sonido sordo. Frena el auto en seco, se baja y, con toda la furia contenida, lanza un golpe más fuerte, como si cada impacto liberara la ira acumulada por Margarita y la suya. Los ojos del hombre, inyectados en sangre, la observan con una intensidad escalofriante. La transpiración moja sus manos temblorosas mientras llama a la policía, su voz es un susurro ahogado de miedo. No dejaron de acecharse, sumidos en una tensión tan intensa que parecía cortante, como si el aire mismo estuviera cargado de anticipación. Sus miradas se cruzaban en un duelo silencioso. El tiempo se desaceleraba en un suspenso insoportable. El sonido de sirenas rompió ese frágil equilibrio; la policía irrumpió en la escena como un rayo, en un instante, se lo llevaron, dejando atrás el eco de su inquietante confrontación.

A la mañana siguiente, se despertó y, con una clara determinación, comenzó a arreglar las maletas. Antes de partir, se asomó una última vez a la terraza para contemplar el mar, como si buscara respuestas en sus profundidades. Habló con la corredora de propiedades.

María, con un portazo, cerró la puerta sin mirar atrás.

Sombras, nada más...

ARANEAE

ROSA MANZOR AGUILERA

Entré a una casa sin habitantes, empolvada y descuidada. Estaba cubierta de alfombras y telones. Miré los colores, los diseños de sus dibujos. Me pregunté por qué no estaba habitada, es linda y está alejada de todo. Tenía una gran lámpara de bronce colgada sobre una mesa, con ocho sillas de terciopelo verde con finos tallados en su madera. En el fondo, una chimenea con leña que esperaba ser encendida. Hay cuadros en las habitaciones. Tomé uno de una mujer con una mirada tan profunda y penetrante como el dolor de la muerte. Sobre su pecho reposaba una de sus manos con largos y finos dedos. Estaba embobada en su mirada cuando de pronto empezó a caminar una araña por mi mano. Lancé el cuadro lejos y comenzaron a aparecer muchas, cientos. Podía escuchar el ruido de sus patas en el piso. Salí corriendo por el sendero, ellas vinieron por mí. El sonido me alcanzó. Eran de todos los tamaños. Subieron por mi ropa. Nadie me escuchó. Las arañas me abrazaron, me cubrieron como un manto, por completo. Caí de rodillas y entraron por mi boca, apagándome, araneae, araneaee, araneaee...

ESPEJO

ROSA MANZOR AGUILERA

Estoy llegando a la casa. Está oscuro. Abro el portón de la entrada del camino, sus bisagras metálicas chiiir... Entro y lo cierro con esa cadena gruesa, pesada helada como la noche. Creo que todos escuchan, aunque los vecinos se encuentran a kilómetros de distancia. Avanzo guiada por la negrura de los litres que voltean sus hojas al húmedo sereno, boldos frondosos y quillayes de sombra fría. Llego al patio interior de mi casa. Entro, percibo el petricor del suelo y diviso el corredor con el piso de tierra de la casa de adobe. Enciendo la luz opaca que ya está cansada de iluminar. Camino hasta el final y sin querer me miro en el espejo. GRITO. Se me rasga la boca dejando salir mi alma. Despierto. Me siento en la cama, temblando. Prendo la lámpara de mi velador. Los tucúqueres confirman que estoy sola. Agitada aún, respiro profundo para calmarme. Me vuelvo acurrucar, me tapo hasta la cabeza y doy un par de vueltas en la cama. *¿Qué habré visto en ese espejo? Mañana lo saco.*

Sombras, nada más...

RARGIM

GAUDIS TERESA MORA

Y LLEGÓ EL DÍA....

Amaneció soleado aquel día que les tocaba partir con boleto sin retorno. La hora que Aseret tanto temía había llegado. Ya no había vuelta, todo tenía que quedar atrás y partir sin arrepentimiento. Legna comenzó a bajar las maletas, una por una, y el sonido de las ruedas resonaba por las escaleras trac trac trac trac... Andresito, el gato, maullaba y saltaba sin parar por encima de las maletas. De repente se posaba frente a ellos con su mirada fija. El reloj marcaba las 9 de la mañana, y la espera se hacía interminable; parecía que los primos que los llevarían al aeropuerto les habían fallado.

La casa estaba sumida en una penumbra inusual. La luz del sol apenas se filtraba por las cortinas pesadas y descoloridas. Aseret, se encontraba perdida, caminaba de un lado a otro sin parar. Con su corazón latiendo con fuerza y sus manos temblorosas se despidió de cada rincón de su hogar, susurrando cosas inaudibles a las paredes. Tuvo la sensación de ser observada. Sentía sombras que parecían moverse por su cuenta. Aparecían. Desaparecían. La seguían.

Por fin llegaron los familiares más cercanos a despedirlos. Se colocaron todos en el jardín posando con sus caras de poema para tomarse las fotos de recuerdo, se estrecharon en un último abrazo.

Oivlis, el hijo de Aseret, se acercó y le dijo:

—Mamá, ya llegaron los primos.

Aseret dio una última vuelta alrededor de la casa con lágrimas rodando por sus mejillas. Era su templo. Lo abandonaba forzada por situaciones que escapaban de su control: una, la inseguridad que vivían a diario, de ser atrapados por el hampa, pues ya habían sido asaltados y robados en plena vía pública; y la otra, la angustia que les generaba el trabajar por un ínfimo sueldo y no poder subsanar las necesidades básicas con lo que percibían. Su calidad de vida había desmejorado por completo. No dejaba de pensar qué le depararía comenzar una nueva vida desde cero.

Mientras sus primos y su hijo montaban las maletas en el auto, se despidieron de los vecinos y del amigo que cuidaría su casa. Partieron al aeropuerto de la capital acompañados por su hijo. Ella imaginaba que la estancia sería corta y el regreso iba a ser pronto. Legna y Aseret guardaban un silencio rotundo, interrumpido por la radio. Aseret se quedó repitiendo para sí misma como un presagio inevitable: *sombras nada más… Y estoy en vida muriendo… Y entre lágrimas viviendo…*

Sus miradas perdidas en el infinito de sus pensamientos, sus rostros enmudecidos reflejaban un aura oscura por tener que abandonar su patria natal. Las sombras en la carretera parecían alargarse y retorcerse de forma antinatural. Aseret cerró los ojos intentando ahuyentar la inquietante sensación que la acosaba, sintiendo un escalofrío recorrer su espalda. La voz de su abuela materna fallecida hacía unos años, retumbó en su mente, advirtiéndole de un peligro que ella no lograba comprender todavía.

Después de dos horas de viaje por la autopista llegaron al aeropuerto de la capital. Bajaron las maletas, se dirigieron junto a su hijo a tomarse la última foto de despedida en el sitio emblemático del aeropuerto, la obra *Cromointerferencia de color aditivo del inmortal Cruz Diez*. Símbolo de un país que emigra, que se desmorona. Allí, todos confundidos fusionaron las lágrimas, las caricias, besos y los abrazos, envueltos en esas líneas horizontales que van desde el piso hasta la pared como espectadoras, dejando la estela de los que se iban y los que se quedaban, eran solo eso, una microinterferencia de coloridos recuerdos.

Estando en la sala de espera, Legna le enviaba mensajes por celular a su hijo, tratando de hacer sus últimos trámites de sus cuentas bancarias y otros compromisos de última hora que dejaba a su cargo. Los murmullos de los otros pasajeros eran apenas audibles, todos sumidos en un silencio antinatural. Aseret recordó un sueño que había tenido, en el que gritaba desesperadamente: "Me topé con Rargim". La frase retumbó en su mente, era oscura, aunque no lograba comprenderlo del todo.

Abordaron junto a los cuerpos de otros pasajeros, aturdida Aseret susurró a Legna:

—Mi amor, me siento como si fuera libre de nuevo, pero vacía.

Por un lado, la sensación de libertad los acompañaba llenándoles de expectativas y nuevos sueños; por otro, la incertidumbre y las emociones encontradas de dejarlo todo atrás los colmaba de dudas. Su vida quedó reducida a un par de maletas y dos mochilas de mano cargadas de títulos. En un largo viaje de más de nueve horas, estas dos criaturas del universo se refugiaban el uno al otro con caricias tristes para solapar el desvalimiento. Estuvieron todo el tiempo que duró el vuelo hablando de su pasado, de sus aciertos y errores, de lo que habían logrado y que nunca imaginaron tener que dejar a cambio de conseguir vivir en libertad. Este no fue un viaje de los que tantas veces habían realizado por placer, era un viaje obligado sin regreso.

Ella quería dormir para calmar su mente, pero la ansiedad y tristeza no la dejaban en paz, sentía una presión constante en el pecho como si un gran peso invisible la aplastara. Las sombras que le venían acechando parecían salir con sigilo de la cabina del avión y cobrar vida, rumoreándole cosas inaudibles. El temor comenzaba a apoderarse de ella con cada pensamiento. Miró a su compañero de viaje, que había sucumbido al cansancio, tenía sus músculos tensos por el estrés acumulado a lo largo de las semanas, observó que él se encontraba jadeando con dificultad y le costaba respirar, por lo que se percibió más sola que nunca.

Aterrizaron en suelo extranjero, y ella se dijo para sus adentros: "ábrete a una nueva oportunidad de vida, suéltate, deja las penumbras". Se prometió que de ahí en adelante le darían más vida al tiempo. Al salir del aeropuerto, fueron recibidos por su hija, su esposo y su nieta, y en un breve instante, la tristeza pareció desvanecerse en un abrazo familiar. El frío extremo de una ola polar los recibió, un contraste brutal con el calor que había dejado horas atrás. Un sol maternal. Los primeros meses vivieron en una granja, lejos del bullicio de la ciudad, caminando kilómetros para tomar el transporte. El aislamiento y el clima severo de un invierno helado empezaron a pasar factura. La adaptación fue difícil. Ella notaba cómo las sombras en su nuevo hogar parecían cobrar vida con cada anochecer, llenándola de pesadillas. Empezó a experimentar extraños sucesos, puertas que se abrían y cerraban solas, y una sensación creciente de ser observada. La figura de Rargim, el ser de su sueño parecía avizorar en cada rincón.

Después de varios meses viviendo con su hija y su familia, ellos lograron ahorrar suficiente dinero para mudarse a su propia casa. Encontraron una vivienda antigua en las afueras de la ciudad. La casa victoriana y un jardín que parecía haber sido olvidado por el tiempo, tenía un encanto misterioso que los atrajo de inmediato.

—¿Qué te parece amor? —preguntó Legna con una sonrisa esperanzada—. Es la oportunidad de tener nuestro propio espacio.

—Es perfecta —dijo Aseret, tratando de ignorar la sensación de opresión que sentía en el sótano.

Ella miró la casa con una mezcla de emoción y nostalgia. Respiró profundamente y admitió con fuerza.

—Esta es la propia. Empecemos de nuevo aquí.

Se mudaron. Desempaquetaron sus pocas pertenencias con cuidado, empezaron a darle vida a cada espacio de la casa y hacer del lugar, su hogar. Sin embargo, desde la primera noche, ella comenzó a tener sueños perturbadores en los que se encontraba en el sótano, rodeada de sombras que musitaban su nombre. Entre ellas, siempre aparecía la figura oscura de Rargim, observándola con sus ojos brillantes. A medida que pasaban los días, la apreciación de inquietud no desaparecía. Ella no podía sacudirse la percepción de ser perseguida cuando estaba sola en la casa.

Una noche, después de uno de estos sueños repetidos. Aseret se dispuso a descender al sótano con una linterna en mano para enfrentarse a lo desconocido. Bajó las escaleras en silencio. Al llegar al fondo, vio algo que la hizo retroceder: una puerta vieja y desgastada que no había notado antes estaba entreabierta, y un frío intenso emanaba de la habitación detrás de ella. Decidió entrar. Al cruzar el umbral, se encontró en una sala subterránea decorada con símbolos antiguos tallados en las paredes y un altar en el centro de la habitación. Evocó la leyenda de Rargim, el espíritu que atormentaba a los viajeros, en ese instante la azotó la remembranza de la historia de un anciano que hallaron colgado. Percató una presencia detrás de ella y se giró al instante, encontrando la figura oscura de Rargim, mirándola.

—Has llegado Aseret —dijo con una voz estruendosa y chillona.

Ella sintió una ola de miedo. Salió espantada bajo sus propios demonios.

Al cabo de cierto tiempo, una madrugada, Aseret despertó sobresaltada por un sueño con su abuela. La voz de ella le tronaba: "Aseret, la vida está llena de oscuridades. Debes aprender a enfrentarlas con valor y sabiduría".

En ese momento, un ruido extraño del exterior interrumpió su reflexión. Aseret se levantó y, con cautela, se acercó a la ventana.

Afuera, un hombre alto y sombrío merodeaba alrededor de su casa. Su presencia emitía una energía perturbadora que parecía envolver todo a su paso. Las palabras de su abuela resonaron en su mente, sacudiéndole el alma. ¿Será Rargim uno de esos peligros que ella me advirtió? se preguntó.

Aseret se acercó a Legna y le contó lo que le estaba pasando. Él la escuchó atento, su rostro reflejaba preocupación y miedo. El crepúsculo parecía cerrarse sobre ellos, y la presencia de Rargim en su hogar era como un hoyo negro que amenazaba con engullirlos.

—¿Qué podemos hacer? —preguntó Legna con su voz baja y tensa.

Aseret apoyó su cabeza en él buscando consuelo en su proximidad.

—No lo sé… —respondió con su boca apretada a su pecho—. Pero mi abuela me dijo que debo combatir los peligros con valor y sabiduría.

Legna asintió con firmeza.

—Estoy contigo, Aseret. No dejaré que nada te pase.

En ese momento, un golpe seco resonó en la puerta principal. Ellos se miraron y notaron el miedo reflejado en sus ojos.

—¿Quién puede ser a esta hora? —susurró Aseret.

—Voy a ver —dijo Legna al mismo tiempo que se levantaba y tomaba un cuchillo.

Pero ella enseguida lo detuvo por un brazo.

Legna la apartó y se dirigió hacia la puerta tragando saliva agria. Al abrir la puerta, escuchó una voz sarcástica y cruel:

—He venido a hablar con Aseret.

Legna bloqueó la entrada.

—No puedes entrar.

Rargim se rió como un látigo que azotaba el aire y se marchó. Aseret se llenó de valor y le gritó con decisión:

—El miedo no tiene poder sobre mí —respiró hondo haciendo resonar el aire en su garganta—. Soy más fuerte de lo que imaginas.

Los días pasaron, y ella se volvió más reservada, evitando hablar del miedo que la consumía, ya era evidente que a la hora de la cena se sentaba a la mesa y callaba, se quedaba con su cabeza fija mirando el plato. Legna, preocupado por su esposa, intentaba mantener la calma y apoyarla en todo lo posible, pero él también empezaba a alertarse sobre la presencia inquietante que habitaba en su hogar.

En una oportunidad que Legna trabajaba en el sótano, escuchó un susurro que parecía provenir de las paredes. Se quedó helado, tratando de distinguir las palabras apenas audibles: "Rargim... está cerca". Él dejó caer la herramienta que tenía en la mano y subió las escaleras con el corazón desbocado.

—¿Estás bien? —preguntó Aseret, preocupada por la expresión amarilla opaca de su esposo.

—Sí, solo... solo necesito un descanso —Legna respondió tratando de ocultarse bajo los sorbos de agua que se deslizaban de forma gruesa por su garganta.

A medida que pasaban los días, los sucesos inquietantes se intensificaban. Las sombras se movían tan rápido que apenas las podían percibir por el rabillo de sus ojos, y ella comenzó a escuchar los mismos rumores que había oído su esposo, eran como silbidos disfónicos.

Aseret decidió enfrentar a Rargim. Se levantó de la cama y, armada con una linterna, recorrió la casa. Las ráfagas de viento gélido soplaban muy cerca y parecían chocar vociferando su nombre. Al llegar al sótano, al costado de la puerta vio las escaleras en caracol que parecían interminables. Temblando, se dispuso y descendió. El negro intenso de la oscuridad la envolvía y el murmullo de Rargim se hacía más fuerte. Llegó a una sala subterránea donde la figura tenebrosa la esperaba. Rargim la miraba con ojos que brillaban en la penumbra, ella notó cómo un miedo ácido le recorría de cabeza a pies enfriandola y paralizándola. En un instante recordó las palabras de su abuela y decidió encararlo.

—¿Qué quieres de mí? —su voz resonó multiplicada en el silencio sepulcral.

Rargim avanzó hacia ella y Aseret sintió como el aire se volvía más frío. El ser extendió una mano esquelética y tocó su mejilla. En ese instante ella vio pasar una serie de imágenes en su mente: su hogar, su familia, su gato y su migrar. Rargim era la manifestación de sus propios miedos.

La vida en el nuevo país no era fácil. A pesar de sus títulos, Legna y Aseret se enfrentaron a una realidad implacable: encontrar empleo. Siendo extranjeros y mayores de 50 años era una tarea casi imposible. La edad y la falta de reconocimiento de sus credenciales eran obstáculos insuperables.

Una noche, después de un largo día de trabajo, ellos se sentaron en la cocina, agotados. Aseret miró las manos de Legna llenas de callos y heridas con un profundo sentimiento de tristeza. Recordó su cabello espeso y oscuro ahora grisáceo, su rostro mostraba el maltrato en los surcos profundos de sus nuevas arrugas, más la preocupación y la fatiga. Su piel morena y saludable estaba llena de cicatrices y manchas profundas, su cuerpo antes musculoso y atlético se había vuelto más delgado, había perdido peso y se notaba cansado, reflejando las privaciones y los desafíos de la nueva vida.

Al mismo tiempo que lo veía a él se analizaba a sí misma: su cabello era largo y rubio, ahora era corto y salpicado de canas debido a las penalidades del viaje; su rostro suave y lúcido, se estaba arrugando por las inclemencias del clima y el tiempo; su piel luminosa y tersa se estaba opacando y curtiendo; su figura antes esbelta y ágil, se había vuelto más robusta por las tareas y oficios de limpieza…

—Nunca pensé que terminaríamos así —dijo Aseret con lágrimas en los ojos–. Dejamos todo para buscar un futuro mejor ¿y ahora qué?

Legna la abrazó en su propia desesperación.

La soledad era un desafío. Lejos de sus familiares y amigos, ellos se sentían aislados. Las llamadas telefónicas y los mensajes no podían reemplazar la calidez de una conversación cara a cara. Ella extrañaba a sus hermanas, las tardes de café y las risas compartidas. Y él, echaba de menos las reuniones familiares, donde siempre había un plato caliente y una mano amiga.

La migración era una negrura gigante que se cernía sobre ellos, pesando sobre sus hombros a modo de carga insoportable. Cada paso, decisión, sueño estaban teñidos de incertidumbre. Aseret padecía el peso de la soledad como una piedra que se hundía en su pecho. La distancia entre su hogar y su nuevo país crecía cada día, como un abismo que se abría bajo sus pies. Legna por su parte, llevaba el contrapeso de la responsabilidad, como una cruz a cuestas. El solo hecho de proveer, de proteger, de avivar la esperanza en un mundo que parecía determinado a apagarlos. Juntos, se sostenían, como dos columnas agrietadas que trataban de mantenerse firmes contra el viento. Las sombras de Rargim, que aún avizoraban en los rincones de sus mentes, de la duda que se afinaba sobre su futuro, de la nostalgia que les recordaba todo lo que habían dejado, los rodeaban. Pero en medio de la oscuridad, encontraron una chispa de esperanza que los mantenía vivos. Hicieron nuevos amigos, otros inmigrantes con las mismas tinieblas. Juntos, crearon una pequeña comunidad brindándose apoyo y contención. También recibieron ayuda de algunos nacionales que tenían su mente más amplia y comprendían lo que se sentía tener que emigrar de manera forzada. Ella siempre se fortalecía diciendo que se debía a esa gente que le tendía su mano.

El perenne razonamiento por el fallecimiento de familiares y amigos en su ausencia era una zozobra constante que oscurecía sus pensamientos. El pensar perder a alguien querido sin la posibilidad de despedirse, sin estar allí para ofrecer consuelo y apoyo, les atormentaba día y noche. Cada llamada perdida o mensaje sin respuesta, era una puñalada de ansiedad que les robaba el aliento. Se imaginaban escenarios terribles, funerales en los que no podrían estar presentes, lágrimas derramadas sin su compañía, y abrazos que jamás podrían dar.

Aseret temía por la salud de su padre. Un hombre mayor de frágil constitución que había enfrentado múltiples enfermedades en los últimos años. Ella solía ser su principal apoyo y cuidadora. Ahora, a miles de kilómetros de distancia, se llenaba de impotencia y angustia. Se preguntaba una y otra vez. ¿Qué pasaría si mi padre enferma de gravedad? ¿Y si fallece sin que yo pueda sostener su mano por última vez? La idea la desvelaba, haciéndola llorar en silencio.

Legna, por otro lado, no podía dejar de pensar en su madre. La mujer que había sido su todo, enseñándole a pescar, montar bicicleta, y a disputar la vida con valentía a pesar de la ausencia de su padre. Su madre ya no era joven. Él recordaba con dolor las últimas palabras que le dijo antes de partir: "Cuídate, y no te olvides de nosotros". Ahora, sentía que le fallaba o la abandonaba en sus últimos años de vida. Cuando hablaba con su hermano y le preguntaba por ella, temía escuchar una mala noticia. Vivía con el constante temor de recibir una llamada que le informara de su muerte.

Al parecer, Rargim no venía solo, la pandemia del Covid-19 surgió y les trajo un miedo aún más profundo y arrasador. La impotencia se multiplicaba al saber que no podían regresar a su país. Ella recibió la devastadora noticia de la muerte de su padre debido al virus, eso la dejó rota, un dolor que nunca se desvanecerá por completo. No poder asistir al funeral, ni poder acompañar a su madre y hermanas la llenaron de una culpa insondable.

Ambos compartían el mismo sentimiento, ¿valía la pena estar lejos? Se preguntaron en un casual momento de intimidad que terminó con abrazos deteriorados y besos sosos.

Los días se hacían eternos, cada momento de espera se convertía en una tortura psicológica. Las festividades, que solían ser momentos de alegría y reunión familiar, se transformaron en recordatorios dolorosos de su ausencia. Las fotos y videos enviados por sus familias les mostraban sonrisas y celebraciones, pero también les hacían apreciar la profundidad de lo que estaban perdiendo. ¿Cuántas Navidades más podrían pasar lejos? ¿Cuántos cumpleaños se perderían? La vida seguía su curso y ellos no podían hacer nada más que observar desde la distancia.

La angustia de imaginarse a sí mismos muriendo en su propia soledad, sin la posibilidad de un último adiós de sus seres queridos, lejos de su patria y su familia, era una idea recurrente. A menudo, se mantenían despiertos por la noche, atrapados en un ciclo de pensamientos como remolinos atrapados en un estanque y temores que parecían no tener fin.

El miedo a no poder recibir un entierro digno, conforme a sus tradiciones y creencias, les atormentaba. La imagen de sus cuerpos siendo tratados como simples números, sin una ceremonia que honrara sus vidas y su legado, era insoportable. Aseret se estremecía al pensar en ser enterrada en una tierra extraña, donde nadie que la amara podía visitarla, ni llevarle sus flores preferidas: las calas blancas.

Legna, por su parte, temía que su nombre se perdiera en el olvido, que sus historias no fueran contadas y sus logros no fueran celebrados.

Ellos continuaban adelante, pero la sombra de la muerte lejana y solitaria les seguía a cada paso, avisándoles que, en su búsqueda de un futuro mejor, el precio que pagaban podría ser el más alto de todos.

Hablar inglés era un desafío constante. Aunque ambos habían estudiado el idioma, la fluidez y la confianza al hablar les seguía siendo esquivas. Cuando salían de su hogar, les invadía una sensación de ansiedad. Cada interacción desde pedir indicaciones, asistir a citas médicas, incluso comprar en el supermercado, se convertían en tormento. El temor a ser ridiculizados por su acento les hacía evitar situaciones sociales, refugiándose en la seguridad de su hogar. Pero allí también espiaba

Rargim, cuya presencia parecía infiltrarse en cada rincón de sus vidas, convirtiéndose en una constante compañía.

Tampoco podían permitirse enfermarse. El sistema de salud era un lujo. No sabían en qué momento Rargim como nube gris actuaría sobre ellos. La inseguridad laboral y financiera también amenazaban con desplomarse en cualquier momento y el miedo a quedarse sin empleo era una situación frágil en la que Rargim se colaba sobre ellos y los alimentaba de su desesperanza.

Ellos encontraban un clima de indiferencia y desdén, las miradas despectivas, los gestos desagradables como máscaras de desaprobación se grababa en ellos con poder en sus mentes. El hecho de ser extranjeros, de no pertenecer, se volvía cada vez más agudo y les recapitulaba su condición de forasteros.

La presencia de Rargim acechaba más sobre ellos, recordándoles que nunca estarían a salvo. En las noches cuando la negrura envolvía la ciudad, ellos despertaban sobresaltados pensando en esa figura tenebrosa y en su voz martillando en sus oídos. Se aferraban el uno al otro, buscando consuelo en su amor, pero incluso ese refugio parecía frágil, vulnerable a la sombra de Rargim.

Un día, después de una dura jornada de construcción y limpieza de baños, ellos se sentaron en su pequeño comedor. La luz tenue de una lámpara iluminaba la habitación, creando como figuras que se movían sigilosas por las paredes. Aseret suspiró y miró a su esposo.

—A veces percibo que nunca seremos aceptados aquí —dijo con amargura—. No importa cuánto trabajemos o intentemos adaptarnos, siempre nos tratarán como los otros —dijo levantando un poco sus brazos y moviendo sus dedos insinuando y reafirmando unas comillas.

Legna tomó las manos de ella en el aire y las apretó con fuerza.

—Lo sé, amor. Pero estamos juntos en esto. Y eso es lo que importa

Aseret sonrió débilmente y apoyó la cabeza sobre su hombro.

El amor ya no bastaba, la paciencia se agotaba, las cosas ya no salían como esperaba, y a ella, le atormentaba la tranquilidad de su compañero de vida. Se enfrentaron. Discutieron de tal forma que cada voz opacaba la otra; sus ojos reflejaban la fatiga y la frustración. La pelea se desató como una tormenta, con palabras que habían estado contenidas como en una nube de gas demasiado tiempo. Legna con su espalda encorvada y su figura delgada y debilitada se arrodilló junto a ella y la abrazó sintiendo la fragilidad de su cuerpo. Su rostro lucía acabado y melancólico,

—Lo siento —susurró ella con voz quebrada —. No esperaba que lo tomaras así. Solo quería que tuvieras esperanzas y no te rindieras.

Aseret se aferró a Legna, pero su cuerpo seguía temblando y su respiración estaba entrecortada.

—Tengo miedo Legna —admitió en un susurro—. No sé si quiero seguir.

Él apretó los dientes. Pero sabía que no podía darse el lujo de desmoronarse más.

—No sé si saldremos de esta —Aseret admitió bajando la mirada—. Si caemos, caemos juntos, pero lo haremos luchando.

Aseret levantó su mirada, con sus ojos aún rojos e hinchados. Las palabras de Legna, aunque no eran las que quería escuchar, la reconfortaron de alguna manera. Comprendió que él también estaba luchando, que eran iguales, eso le dió un respiro de esperanza. Se levantaron apoyándose el uno al otro, continuaron con pasos lentos y vacilantes logrando entender que ambos no caminaban solos, que compartían el mismo peso del miedo y la incertidumbre.

Noches después, mientras dormían, sintió una presión en el pecho, y despertó para encontrar a esa figura oscura a los pies de su cama mirándola con ojos de cuencas vacías. Aseret gritó. Legna se despertó exaltado pero la figura desapareció tan pronto como él encendió la luz. Ella sucumbió entre sus brazos paralizada. Recordó el sueño y comprendió que Rargim no era solo una pesadilla, sino una presencia real que la había seguido desde su tierra natal. Decidieron buscar ayuda, consultando a un experto en fenómenos paranormales. El especialista les explicó que Rargim era un espíritu atrapado en la casa, buscando liberar su alma atormentada. Les aconsejó realizar un ritual para ayudar a Rargim a encontrar la paz y, a su vez, liberar la casa de su influencia. Empezaron a investigar más sobre la casa y su historia. Aseret visitó la biblioteca y habló con vecinos descubriendo relatos sombríos sobre la propiedad.

Con el tiempo, con miedo, pero con firmeza, ellos siguieron las instrucciones del especialista. En una noche de luna llena llevaron a cabo el ritual del fuego en el sótano, contraponiéndose a las sombras y runruneando palabras de liberación. Notaban la presencia de Rargim intensificarse como si se resistiera a abandonar el lugar que había sido su prisión durante tanto tiempo. Las imágenes de sus miedos eran más intensas a medida que las palabras repetitivas del ritual cogían más vigor. Ellos, unidos en su lucha, encontraron la fuerza en los mantras pronunciados con fe para enfrentar a Rargim. La conciencia de su amor y su decisión se convirtió en un escudo impenetrable en contra de esa presencia siniestra que los había atisbado durante tanto tiempo. En un momento de claridad, Aseret sintió a su abuela, y Legna, apretando con valentía la mano de ella, supo que juntos podrían vencer cualquier obstáculo. Con paso firme se dirigieron hacia Rargim, que los esperaba con una sonrisa cruel, pero esta vez no hubo miedo, solo una determinación inquebrantable.

—¿Qué quieres de nosotros? —preguntó Aseret con voz de roble.

Rargim se rio, pero su risa se disipó ante la mirada unida de la pareja.

—Quiero destruir vuestra esperanza.

—Nuestra esperanza es nuestro amor y eso no puedes destruirlo —dijo Legna recuperando su gruesa voz—. Somos fuertes porque estamos juntos —exclamó con una voz que le arrancó el pecho hasta que sintió que se desgarraba por dentro.

—Estamos juntos —gritaron los dos.

Rargim empezó a retroceder, a atenuarse en la oscuridad, su voz se fue desvaneciendo en el viento y su sombra desapareció en las tinieblas del sótano.

Los días siguientes trajeron un cambio en ella. Comenzó a involucrarse más en la comunidad, a buscar nuevas oportunidades y a establecer nuevas relaciones, aunque las imágenes del pasado seguían escrutando en los rincones de su mente.

Con el tiempo, surgieron pequeñas victorias que les daban ánimo. Ella fue aceptada como voluntaria en una organización comunitaria que apoyaba a otros inmigrantes. Allí conoció a personas con historias similares y encontró un sentido de propósito al ayudarlos a adaptarse. Por su parte, él consiguió un trabajo como asistente en una tienda de reparación de electrónica, en donde sus habilidades fueron reconocidas y apreciadas.

A pesar de los desafíos, seguían construyendo una nueva vida. Se sentían más seguros y capaces de luchar por su futuro.

Una tarde, mientras caminaban por un parque cercano, se detuvieron a mirar un árbol floreciente. Aseret tomó la mano de su esposo y sonrió.

—Mira Legna. Incluso en un lugar extraño, las flores pueden encontrar una manera de florecer.

Sombras, nada más...

COMIDA PARA ANIMALES

ROSA MANZOR AGUILERA

Estoy sola. Mi marido está trabajando lejos y mi hija se fue a estudiar a otra ciudad. Me levanto en pijama de polar que me permite tolerar las noches de frío. Abro las cortinas de mi habitación para que entre la luz de la mañana. Voy al dormitorio de mi hija y abro la ventana. Miro sin querer su almohada vacía, buscándola. Pienso en ella y me distrae el ruido de unas patitas. Me sienten levantada y vienen corriendo mis regalones: el Duke y la Kuky. Me saludan con sus colas contentos, me alegran el día. Salgo al patio y ahí están mis trece gatos y doce perros, todos rescatados. Los perros saltan felices y los gatos me miran con indiferencia. Los saludo a cada uno, les hablo como si fueran niños, mis niños. Voy a la cocina y me preparo el desayuno, té y media marraqueta con mantequilla. Enciendo la tele para que haya ruido de fondo y no se escuche el silencio. Se acerca cauteloso el Styles, el gato de mi hija. Me rasguña las piernas odioso para que le dé un pedazo de pan. Yo cedo y se lo doy. Mientras él come reviso mi teléfono. Ningún mensaje, ninguna llamada. Miro el patio desde la cocina. Veo a los perros y gatos tirando mis carnes chasqueando mis huesos, lamiendo mi sangre.

Sombras, nada más...

EL OCASO DE ISABEL

ANA MARIA CAMPOS

Cuando Isabel se sintió abrumada, supo que debía buscar un espacio en la naturaleza para recuperar la paz y ordenar las ideas, por eso siempre dejaba un par de días de vacaciones pendientes. No le importó que fuera invierno, volvió a la cabaña que la había recibido un par de veranos atrás. Su ubicación era perfecta, no estaba en medio del pueblo, su ambiente era cálido a pesar del clima borrascoso. Desde el ventanal de la sala podía mirar el río y en la noche escuchar su loco caudal.

Cuando llegó, corría un viento tibio que iba enfriándose con el correr de las horas y las nubes blancas mutaban a grises con timidez. Al parecer, anunciaban lluvia. Caminó hasta el pueblo, necesitaba estirar las piernas después de manejar tantas horas, solo compraría las provisiones necesarias para tener que comer esa noche y en el desayuno; después, no tenía planes para después. Solo dejar que la vida hiciera lo suyo. Cuando regresó, el cansancio la venció, se metió en la cama, depositó la cabeza en la almohada y se durmió sin alcanzar a tomar sus pastillas.

Se despertó pasado el mediodía, la hora no importaba, sentía que era dueña de su tiempo. Tomó un largo y caliente baño de tina. Salió del baño envuelta en la toalla que abrazaba su cuerpo, buscó un lugar frente al ventanal y así dejar que el tímido sol le acariciara la espalda, igual como lo hacía en su departamento al sentarse en la poltrona heredada de su abuela. Isabel repetía esta rutina cada fin de semana. El resto de los días se levantaba antes que el sol se asomara, desayunaba, luego se duchaba con rapidez para salir rumbo al trabajo, ese que le permitía darse pequeños lujos que solo con la jubilación no sería posible. Todo marchaba como se lo había propuesto, se sentía útil y vital.

En su interior mantenía el espíritu de cuando tenía cincuenta, por eso evitaba mirar con detención su propia imagen y mucho menos usando anteojos. Hasta que ese domingo, en la cabaña, se detuvo con curiosidad frente al espejo. Soltó la toalla, arrepentida trató de evitar esa imagen y volvió al ventanal, pero este le devolvió el reflejo de una cruda realidad. Lo primero fue ver que nada era tan poderoso como para mantener escondidas por mucho tiempo las raíces blancas, que se abrían paso entre los cabellos tinturados. Cómo desaparecer las bolsas que luchaban por ocultarse bajo el brillo llamativo de sus ojos color verde esmeralda. Observó con detención cada rincón de su cuerpo, bajo por los pliegues de su cuello sin evitar recordar el símil con las tortugas, haciéndole dibujar una mueca entre risa y pena, sus labios ya no tenían esa tersura carnosa que invitaba a disfrutar de la pasión de los besos. La flacidez de sus brazos no representaba lo fuerte que aún eran. La cadencia de sus pechos le provocaba nostalgia, la lactancia prolongada de sus hijos la llenaba de orgullo y le provocaba ternura. La hendidura en su mama izquierda era un valioso trofeo de cuando a los cincuenta y tres años venció al cáncer.

Distinta era la cicatriz en su tórax que marcó un antes y un después, cuando se preparaba para la maternidad y la diagnosticaron con la misma enfermedad que había provocado la muerte de su padre. La diferencia había sido que a sus veinticuatro años la vida le sonreía, se sentía inmortal, el fantasma de la muerte era difuso en el horizonte, no la podía alcanzar porque no la visualizaba. La fortuna le sonrió con un diagnóstico benigno.

El abdomen, que se obsesionaba por mantener oculto en el gimnasio y aún caminando con el estómago sumido, de igual forma delataba sus embarazos. Prefirió los partos normales antes que enfrentar una cesárea. Sus manos y brazos dejaban escapar manchas de color terroso que hablaban por si solas de su pelea con el tiempo y el uso excesivo de humectantes. Observó por el ventanal el tibio sol que se debilitaba al perderse tras las nubes cada vez más grises.

Mirar sus piernas le agradaba porque se mantenían firmes producto del *trekking* que tanto amaba. Sus pies no tenían la misma suerte, se habían deformado y retorcido sus dedos producto de los duros caminos recorridos. Enfrentó sola los tiempos difíciles, nadie le regaló nada y menos esa sociedad que hoy la mira como alguien que ya no tiene nada que aportar y que en unos años más será un estorbo, una carga.

El ambiente enfriaba. El aire helado se filtró por debajo de la puerta y le subió por las piernas. Su pubis y el atractivo monte mostraban sus vellos grises y blanquecinos, por más que estuvieran ocultos detrás del satín con encajes, no podían callar la edad, lo único que le devolvía la alegría era la certeza que si incursionaba al interior de esa caverna femenina encontraría la calidez y humedad de siempre. Su lívido no envejecía al mismo tiempo que su cuerpo; al contrario, le gritaba ¡estás viva, NO RENUNCIES, ¡NO TE RINDAS!

El sonido de los truenos la distrajo por unos segundos. Luego, el reflejo de los relámpagos en el espejo iluminó los surcos del rostro, marcado por las grietas que más que contar historias de alegrías y tristezas, hablaban de experiencias de vida que nadie quiere escuchar, y que poco y nada importan a los que están recién construyendo las propias. Cada detalle gritaba su edad real. Se preguntó por qué evadía esa realidad si todos envejecían a su alrededor, su temor a reconocer ese proceso no era normal. Sentía un miedo irracional, tal vez por ser sinónimo de su propia muerte.

Las enfermedades repentinas cambiaban la existencia a sus amigas que tenían una vida ordenada, sin vicios, casi restrictiva; y, aun así, un diagnóstico inesperado e inoportuno las postraba en breve tiempo. Las transformaba de adultas a bebés, usando pañales, hasta extinguirlas. El momento más difícil fue presenciar cómo su amiga de toda una vida le fue arrebatada abruptamente en cuatro meses, cuando recién hablaban de planes para realizar juntas compartiendo esta nueva etapa de la vida. ¿Cómo resignarse a su ausencia?

No estaba en pareja desde hacía un par de años. Cada tarde al enfrentar la puerta del departamento, junto con girar la llave y traspasar el umbral, se estrellaba con otra realidad al escuchar el silencio, sentir la ausencia del amor. Cuando renunció a la relación, no imaginó cuánto tiempo le llevaría olvidar las noches de pasión que se extendían hasta el amanecer buscando nuevas formas de amar; era una vorágine para lograr alcanzar cada capricho sin pudor, explorando cada poro de sus cuerpos. Ahora no tenía que ser atractiva para otro, solo estar cómoda consigo misma y con la soledad. Al final, logró liberarse de la angustia que le provocaba su odiosa juventud, solo quería dejar de luchar por parecer más joven que él.

Tal vez esa fue la causa que desgastó la relación, al dudar que para él esa diferencia no era importante. Si hubiera invertido menos en viajar podría haber pagado una cirugía de calidad para retroceder el proceso, lo malo, era su pavor a las operaciones. Ella se sentía orgullosa, a pesar de todo, su cuerpo era ágil, aunque se había iniciado tarde en la práctica de yoga y pilates. Su carácter alegre le daba un aspecto jovial y el maquillaje también le ayudaba. El ritual de retirar la base que cubría su rostro, desmaquillar cada surco, cada línea de expresión, quitar el rímel que le daba vivacidad a su mirada, todos esos detalles la hacían tomar conciencia del paso del tiempo.

Al llegar la oscuridad se refugiaba en su cama, buscando consuelo en la tibieza del edredón, hundía la cabeza entre almohadas y mullidos cojines de suaves texturas, semejante a las caricias de esas manos que recorrieron su cuerpo y de esos labios que besaron cada cicatriz, con la ternura que la hizo enamorarse como una adolescente. Esos recuerdos la animaban a tocar su cuerpo hasta alcanzar el placer que solo él fue capaz de hacerla descubrir después de tres hijos y un matrimonio frustrado. Así lograba sentirse joven y llena de vida, al igual que cuando dormía complacida en sus brazos.

El mutismo se apoderaba de la calle y a pesar del doble pestillo, los espíritus empezaban a rondar hasta colarse por las rendijas de las ventanas, imitando el silbido del viento. La muerte aullaba golpeando la puerta como queriendo forzar el cerrojo. Era la hora de enfrentar los demonios que traían imágenes no deseadas. Figuras de ancianos, con mirada triste, caminando lento, arrastrando sus pies, cargando una bolsa pesada que ponía en evidencia las manos huesudas, arrugadas y con las venas hinchadas a punto de explotar. Los veía cada tarde al regresar en su auto y se preguntaba: ¿en qué momento seré como uno de ellos?

Ella no quería arrastrar los pies, caminar sin levantar la mirada del suelo, para evitar tropezar y caer indignamente, y luego ser auxiliada por alguien que la viera con ojos compasivos. No quería ser así y oler a esa mezcla de guardado casi azumagado, usando una colonia fresca para ocultar el hedor a la orina.

Buscaba imágenes, recuerdos de sus viajes para alejar la fealdad de esas figuras, no quería terminar como una de ellas. Por fin logró atrapar con detalles la noche que llegó a Venecia: sus puentes iluminados, el resplandor de la luna sobre el gran canal, solo belleza y nostalgia.

El plácido sueño logró apoderarse de ella, pero no por mucho tiempo, pronto aparecieron las imágenes vividas al momento de la eutanasia de la mascota de su hijo. Su figura huesuda pegada a la piel y los ojos húmedos perdidos buscando tal vez la piedad para terminar con su sufrimiento. Cuando llegó la veterinaria, le preguntó a su hijo y a su esposa si los dos estaban de acuerdo con la decisión. Ambos asintieron con la cabeza, no pudieron articular palabra, la boca estaba seca y la garganta apretada. Ahora no podían hacer nada más. Ella les explicó cómo sería el procedimiento, ellos escuchaban en silencio mientras lo acariciaban. Fueron dieciséis años de fidelidad. La veterinaria hablaba en voz baja, dulce y pausada, les prometió que no sentiría dolor. Primero aplicaré un calmante que lo hará dormir en un par de minutos; y luego, la inyección que provocará el paro respiratorio en breves segundos.

Isabel estaba de visita, presenció desde lejos el procedimiento, nunca más logró borrarlo de sus recuerdos. Empezó a cuestionarse su propia vejez ¿Cuándo seré totalmente vieja e inútil?, ¿Qué pasará si estoy postrada y sin autonomía? El no querer aceptarla era la máscara para ocultar el miedo de no saber cuándo y cómo llegaría al final de su tiempo. ¿Cómo mantener mi propia dignidad?

Era injusto aceptar que las mascotas si tenían derecho a la eutanasia, donde sus amos decidían asistirlas para evitar el sufrimiento como un acto de tributo. En su caso nada de esto sería posible, seguro intentarán mantenerla viva a costa de cualquier recurso. Al tomar conciencia que nada cambiaría, surgió con claridad la respuesta a sus preguntas. Tendría que dedicar el tiempo que le quedara, para elaborar un plan y así ejecutar su propia eutanasia cuando llegara el momento.

El cielo se oscureció, la brisa se convirtió en fuertes ráfagas y empezó a caer una copiosa lluvia, este clima era parte de la magia del sur. La tarde se oscureció y un escalofrío recorrió su cuerpo, perdió la noción del tiempo ensimismada en sus recuerdos, caviló entre el espejo y el ventanal. Buscó ropa de abrigo, encendió la bosca, solo podía pensar en sentarse frente al fuego. Bebió té acompañado de un sándwich, mientras tarareaba al unisono con Solís *sombras nada más…* una y otra vez como en una letanía. No escuchó noticias de la TV y menos el informe del tiempo que daba cuenta de una alerta amarilla para la zona, ante el riesgo de desborde de más de un río que cruzaba las afueras de la ciudad. El frío la hizo buscar la cama, arroparse hasta la cabeza y tomar sus pastillas para asegurar su descanso. No quería que al cerrar los ojos apareciera como tantas otras veces aquella escena del cachorro y su eutanasia. Antes que el sueño la venciera, escuchó como el agua martillaba el techo con una intensidad inusual y las ramas de los árboles golpeaban las ventanas. Nada de eso la asustaba, era propio de la zona, nada le impediría conciliar el sueño.

Nunca supo a qué hora se desbordó el cauce del río, tal vez si hubiera escuchado noticias locales, todo habría sido diferente. Cuando el agua azotó la cabaña despertó sobresaltada, fue un ruido violento como si un camión lleno de rocas se hubiera estrellado contra la casa. Enseguida explotaron las ventanas, el techo cedió bajo el enorme peso del agua que cayó en una cascada hasta inundarlo todo, ejerciendo presión hasta abrir las paredes como si fueran cáscaras de huevo, dando paso a más y más agua, acompañada de barro, ramas, pedazos de troncos y quién sabe cuántas cosas envueltas en la siniestra oscuridad.

No pudo entender cómo había llegado ese torbellino que la arrastró en las gélidas aguas de agosto. Se repetía, sé nadar, pronto saldré a la superficie para respirar, lo voy a lograr. Ella sentía los latigazos del agua sobre los girones de su ropa teñida de rojo, lo turbio del agua empañaba sus ojos y los remolinos la envolvían en su malévola danza, abrazando despojos de naturaleza y restos irreconocibles de lo que otrora fuera una casa. La corriente se burlaba de su desesperación formando burbujas, como las que escapaban al descorchar el champán con su amado para brindar en cada encuentro. Ahora, estaba viviendo la danza final, esa que llegó en medio de la noche, sin previo aviso, inundando y destruyendo todo a su paso.

Un fuerte golpe apagó sus pensamientos, no pudo oponer resistencia, sólo se dejó arrastrar durante las interminables horas que duró la inundación. El silencio se apoderó del espacio, la calma llegó con esa suave ola que lanzó a Isabel a la ribera para buscar su propio cuerpo, ese que ya no le pertenecía.

Sombras, nada más…

Sombras, nada más...

DETRÁS DE LAS SOMBRAS…

ANA MARÍA CAMPOS

Educadora de básica, sensible a la música, cine y literatura. Busca inspiración en experiencias que se reconcilien con la vida

FRANCA ROS

Diseñadora industrial, vegana y de mente abierta y expansiva. Ha participado en cuatro antologías y una crónica. Amante de la diversidad. Integra colores y sensaciones en sus relatos.

MONICA YACONI

Diseñadora de muebles y ambientes. Dedicada hace siete años a la fotografía. Amante del arte en todas sus manifestaciones.

ROSA MANZOR AGUILERA - RUMA

Oriunda de Alhué, Rosa ha superado la adversidad escribiendo poemas desde muy niña, cargados de tristeza, abandono y esperanza. Ha compartido su trabajo en dos antologías y está próxima a publicar un libro de poesía y microcuentos.

GAUDIS TERESA MORA

Educadora, libre pensadora y terapeuta. Recorriendo su camino de evolución en esta aldea global

NADA MAS.

Sombras, nada más...

Made in the USA
Columbia, SC
08 February 2025

52980002R00062